在家

何亭慧

推薦序——從生活雜質中打磨出的寶石

夏夏

三房，一廳一衛。二十五坪，有一點奢侈的寬敞，但不至於大到沒辦法負擔。至於屋齡，見仁見智，該從孩子出生那年算起，你們同時晉級到「雙親」這個傳說中的魔王關（這一關要打很久，而且生命值常常不夠用），圓滿了一個幸福家庭的想像？還是要從新婚的第一天算起？或是從更早之前，你初來乍到這個世界上，你的母親成為母親的那一天？

當然，關鍵是低總價，雖然仍要揹上幾年的房貸，利息是不斷增生的白髮與皺紋。不過問題是你願意為心目中理想的「家」付出多少代價？

讀《在家》時，我忍不住聯想到預售屋展售時常見到的屋內配置平面圖，且看用方格標示出來的每個縮小空間，容納著無限的想像。何亭慧將《在家》全書巧妙地以空間來做區分，分別是門、臥室、小孩房、浴室、廚房、書房、客廳與後院。此處所言的「家」，絕不是暫時屈就的單身套房或與人共用衛浴的雅房，而是一個完整的家呈現在紙上。而這正是何亭慧自《形狀與音樂的抽屜》、《卡布納之灰》之後，時隔十三年所集結的成果，每一篇都像是熬煮已久的濃湯，醞釀多時的一罈佳釀。

首篇〈愛情〉彷彿是一則簡短的前情提要，使人聯想到何亭慧從前敏銳、質地澄澈清脆的詩，如「我的絕望／來自於／被吻／但，不被愛」（〈蠟〉）。接著，轉眼間便踏入可嗅聞到生活氣息的玄關，過往玻璃般的詩句被鍊成了溫潤的瓷器，在這裡愛情是「像曬棉被的好天氣」（〈家常〉），是會讓人吃光光的家常菜色。

而閱讀《在家》時，猶如一場紙上導覽，詩人的文字帶領讀者穿越門廳，進入到一個家庭最私密的所在，用無聲的文字重演每一個特別的時刻。而其中的重頭戲，就屬「廚房．書房」。

在「廚房．書房」這一輯中收錄了兩首以〈自己的廚房〉為題的詩。第一首致英國作家吳爾芙，首先以詩題呼應吳爾芙所提出關於女人的房間，詩人以幽默的語句指出在作為書房的廚房裡，家電與筆電並列，「甚至咖啡機／丈夫睡著後／我在餐桌上寫詩／（詩的發展永遠鮮嫩）」，寫作與做菜何其相仿，詩人料理三餐也料理生活的殘渣與「白日零碎的思想」。在吳爾芙道出其名句後，女人們經歷了約一世紀的奮鬥，何亭慧以全詩末段「吳爾芙我的朋友／妳坐在書桌前太久了／來碗麵暖胃吧」的輕鬆口吻，標誌出新的女性典範：坐鎮於家電與筆電之前，一手家務一手寫作，連男僕（或丈夫？）都不用，可說是家庭與事業都難不倒的新女性。此詩可作為全書的定錨，作為支撐一個理想家庭的鋼骨，卻不顯露霸道，而充滿女性特有的優雅與包容。第二首致英國小說家珍．奧斯汀，背景音效是爐子上噗噗滾著的熱湯，在沒有門的廚房裡，任何人隨時都可來去，連房間都算不上。然而在這樣克難的情況下，「角落的筆電／偶爾在餐桌上打開」輕描淡寫一句「偶爾」，有經驗之人才知道那絕非自動從天上掉下來的偶爾，而是將寫詩這件事時時掛在心上，因此即使不常派上用場，筆電仍備在一旁靜待突如而至的偶爾到來。然而詩人卻不以為苦，既無心當「女主角」，學會了對生活與自己妥協，且在詩的第三段這樣寫著，「兒子的造句作業：／『有空——媽媽有空的時候就會寫ㄕ。』」實為神來一筆，生動描寫出做為母親與詩人雙重身分的生活樣貌，作為全書的基本色調。特別是「ㄕ」字留予人想像與猜測，何亭慧繼續寫道，「親愛的珍，為了老師打的紅色問號／妳一定會樂不可支」讀來令人莞爾一笑。兩首以〈自己的廚房〉的詩作像是兩道旋律鮮明的輕快旋律，彼此呼應，勾勒出專屬於這個時代女性的明快爽朗，溫厚中依然能保有剛強的自我。

而接續其後，像是取自前兩首主旋律的變奏，終於來到〈自己的書房〉與〈食譜〉。在這兩首詩中，何亭慧分別闡述生活觀與詩觀，「沒有非得留在書架上的／心，不須展示／就讓食譜、樂譜打亂所有主義和流派／過一種活力充沛的現實」，「把廉價寫出豐裕／平淡寫出驚喜／寫／放學後的廚房」在此延展出向內的力道，探查剖析自我的組成，而能隱約見到淡淡的疤痕／接縫，所接連的分別是 Before 和 After 兩種生命樣態。

Before 是從前那個寫詩的女人，After 是成為母親的詩人。兩者的差別看似只在於一道細細的接合處，然而這道縫隙卻深入骨與肉之中，漫散於詩集中。如〈夜遊〉作為一道鮮明的分野，寫新生兒誕生，亦是母親的誕生。稚嫩的嬰孩四個小時便須進食一次的生理時鐘牽連著母體，因此母親在脹奶之中痛醒，在夜裡將滿脹的乳房擠出乳汁，不禁聯想到從前不寐的夜晚，「我在夢的外頭／獨自遊走／像從前寫詩時那樣」。〈預測〉一詩中，則寫孩子在學習的過程中初識萬物的奧祕，雖然此刻「音樂／被困在笨拙柔弱的手指裡」，然而未來將在其中窺見美好的詩意，「如我曾在詩裡／聽見的那首永恆的歌」。

而在 Before 與 After 之間的印記既是永不斷裂的接縫，也是永不癒合的裂口，自此處傳出的是對生命的驚嘆。一如在〈洗澡〉詩中所寫，「怎麼可能／我怎麼可能是母親／紗布巾下活生生的臉／我不認得」連續兩次「怎麼可能」的吶喊點出了對生命的敬畏與對未知的不安。

而這份來自於信仰的謙卑，廣見於何亭慧的詩作中。我特別喜歡她在〈鏡子〉中寫出不同層次的「看見」。從鏡中看見日漸衰敗的容貌，又從其中看懂了詩句般的缺陷，而最重要的是平凡的生活是一面鏡，為要「映出造物主的形象／不大成功但／汗水／閃亮」或許是有此體悟，何亭慧的詩經常在細微處拉出另一隱藏的高度，在繁盛至極時懂得止步退讓，容許更多的可能性，容許空白發聲。

最後一定要造訪的，是主人精心打造的「後院」。在此輯中，何亭慧的文字引領賓客穿過一道道走廊，迎上開闊的視野。有綴滿紅豔果實的桑葚、蒐集星星的楊桃樹，也有倒在自己的香氣裡的檸檬桉，何亭慧如同園藝高手，用文字栽種出旺盛的枝與葉，不著痕跡地修剪，且比任何人都格外珍惜著院裡的一枯一榮，細細地刻劃書寫。

這份珍惜也見於〈十年〉中，何亭慧藉院中象徵愛情的玫瑰花，揭開童話的面紗，寫出真實的家庭與婚姻中好似「院子裡的灌木／莖粗　尖刺多」甚至「幾經寒霜以為不會再開」。一趟家園的紙上導覽至此，讀來格外有巧妙的深意。

《在家》收錄三十六首詩作，這是從生活雜質中打磨出的寶石，從日常消耗中修煉出來的黃金，在何亭慧的筆下卻意外地貼近生活，因而每首詩讀來素樸、簡潔，其中收納了豐盛意象與情感，飽滿地裝載在其中，且井然有序地展示著。讀著讀著，我不禁幻想，詩人放在廚房角落多半呈現關機狀態的筆電，到底都在什麼樣的時候被開啟，鍵入字句？

「從來沒把游泳學會／我不知道怎樣在兩個平行卻相異的世界／順暢換氣」（〈游泳池〉）或許對何亭慧來說，詩就如同轉換於兩個世界中的換氣過程。《在家》，有女人、女兒、妻子、母親和詩人，穿梭於不同的角色間，能夠深刻感受到何亭慧在其中調整出獨到的平衡感，不疾不徐，詩句在平穩的吐納間流出，正是我們曾經嚮往的家的氣息。闔上書本，彷彿還能聽見風輕輕掀動著窗簾，細碎而熟悉的聲音從紙頁間傳出，正在等待著人們回家。

目次

小孩房

浴室

廚房・書房

客廳

後院

門

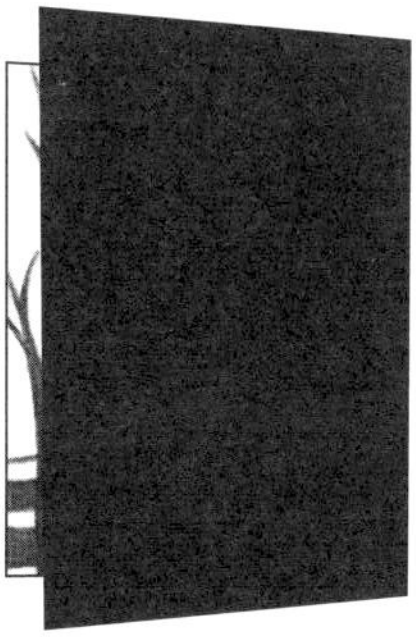

愛情

「我只是無盡時空
飛散的一粒塵埃」
她流淚。

「整個宇宙卻是
為你
而造的」

祂回答。

家常

……grace will lead me home.

—— *Amazing Grace*

端出異國料理

刻花　擺盤

丈夫吃光後說

還是喜歡家常菜色

我不明白
蔥薑蒜酒細碎的氣息
鎮日掛在圍裙上

直到一碗魚湯
清而朗
像曬棉被的好天氣
遂記起了
愛　是什麼滋味

至於詩　寫來寫去　漸漸

如敲釘之槌
反覆痛擊後
可以懸掛紀念品　裝飾畫
在堅固的牆上
在
家

—臥室—

拼圖，或者婚禮

顏色和花紋，各從其類。
光澤和氣味，各從其類。

雜亂的碎片開始
從邊緣
一片片拼接，向內
緩緩舒展

那是
說故事的人
以精巧的手指
所布置

——一幅星期六下午的風景畫
有教堂，有光，有紫色的情人花。

祂剪下
我的過去
你的未來
拼進一首祝歌裡

：妳是我骨中的骨
　肉中的肉
你是我
　　疾病與疼痛座落之處

眼神，頰上停留的淚水，
露齒而笑。
生命的鋸齒緊扣如十指
因為說出口的
三個字
複雜也變得

簡單了

產房手記

一種半倒立的姿勢
雙腳
套進不鏽鋼環
若是兩手撐地
就可以像體操選手
翻身彈起　接受掌聲
但畫面凝結在

完美落地的

前一秒

持續了數小時。
疼痛，疼痛，痛
自身體底層痙攣
裂開地表

「先別用力」教練們聳聳肩。
我尖叫——
岩漿蓄勢待發
指揮官下令：「現在！」

一枚魚雷射出
（為什麼不像按一個鈕那麼簡單？）
炸開響亮的哭喊

歡慶的樂聲
他們撫弄　擦拭
把額頭印著血跡的嬰孩
別在我的左胸
他吸吮一顆鬆弛的汗珠

赤裸的孩子啊

我苦難與喜樂的勳章
正如當年亞當
睜開疑惑而惺忪的雙眼
不明白宇宙
因最大的神蹟而震驚

---

*詩名襲自美國詩人林妲．派斯坦（Linda Pastan, 1932-）〈Notes from the Delivery Room〉一詩。

夜遊

痛醒時
胸口溼了一片
乳腥味
夜沁涼
我的兩乳腫脹滾燙
汩汩的奶水從夢的邊緣擠出

等你醒了熱著喝
剩下的冰凍
在你漸漸孤獨的日子裡一一拆封
加溫

我來回穿梭水槽
冰箱　紫外線消毒鍋
意識的走廊
窗外的黑暗淡了
也有鳥輕輕叫著
丈夫仍熟睡
我在夢的外頭

獨自遊走
像從前寫詩時那樣

晨歌

朝露的氣息，這是地球
半夢半醒的呼吸，這是
母親。
整個晚上守護你的鼻息
像泌乳的月亮
你眼睛的深井，尚未裝進淚珠

——仍在上帝珍藏的皮袋裡
世界
一片渾沌
用摟抱與親吻，分開晝與夜
不曾踏過泥濘，半透明腳掌
輕輕踩著空中的土地
指甲柔軟——掌窩裡緊擁的白羽毛
不須抓取食物，情誼，甚或
時間。
晨起，歷經小死亡的行星展開新生

你甦醒：微暗，微亮。
嘴，單單尋找母親
時起時歇的哭聲中，語言揮舞它的手勢

血液在你皮膚下流動
生之花在你臉上綻放

---

*詩名襲自美國詩人希薇亞・普拉斯（Sylvia Plath, 1932-1963）〈Morning Song〉一詩。

臥室

新婚時同被相連
纏綿但
總有人打噴嚏

兩條被

雖然厚此　薄彼
話題可以伸長了腳再

說笑吐氣

也會裹起自我像兩只不相干的蛹
羽蛻艱難
棄甲才能倖存

共舞
我的鼻塞　你的打鼾
扭開半邊的燈
又怕你的夜半太亮
拎起故事
跨過巨大的沉睡

抵達漆黑電影院裡的螢光出口

握緊票根　同享異夢

與你

無論離天亮

有多久

—小孩房—

黑糖多拿滋

蒐集幻想的飛行里程
蒐集浪費的時間
把哈欠吹進一隻大氣球裡
爆炸古靈精怪的笑意

甜甜圈的洞
和牙齒的縫

熱可可的泡泡浴
嘴脣上的牛奶鬍
（快用舌頭刮一刮）

好玩的東西躲貓貓
彈珠，故事，小螞蟻
媽媽的溫柔在手套裡
爸爸的陪伴在鞋底

走走走，拉小手
好奇眨眼睛
一閃一閃亮晶晶

你看你看
……浪花連成的迷宮
雨在車窗上播放的
銀色煙火

閱讀

「走，開。」他說
隨後又改口：
「過，去。」繼續
搜尋詞彙：
「媽媽，請，離開。」
兩歲零一天的兒子得到自己的書架
急著獨處

坐擁書城的小國王
小心翼翼檢視他的珍寶——
裝滿彩色畫，黑色細小圖案的
奇妙藏寶箱

他眉頭微皺
思索珍禽異獸扭擺的姿態
糾結的羽毛
在雨後如何漸漸乾燥舒展
彷彿有形狀與音樂搖晃
耳邊

半掩的門後
我張開全新的感官
閱讀
興奮尾隨故事的走向⋯⋯

小國王心滿意足了
十分鐘
眨眨星空
趕去檢閱戰車了

玩具間

睡前要歸位
他總是不情願
「明天還要玩哪」
無奈歡樂瞬逝
把問題丟給未來

深夜搜索

床底拖吊一輛千萬名車
一隻尚未壓成石油的白堊紀恐龍
一〇一大樓
剛從積木牛的背上倒塌

丈夫蹲在假草皮上
試組賽車跑道
我端來黏土：
「蛋糕做得不錯吧？」
遙遠的回答
從童年傳來

寵物

我們選擇泥土：
運動，排泄，有機質裡
牠們越來越像半透明的
荔枝，鮮肥
柔軟
但那天醒來長出硬甲
很快便失寵

——牠們不肯摔角

我們選擇籠子
裡的兩隻鼠
吃飼料喝水，滾輪奔跑。
後來一隻死狀悽慘
（唉，到院子曬太陽）
脖子上一道長長血口
牠仰臉如第三幕的悲劇主角

最後養了貓，在家
抓壞沙發，打碎花瓶

把臉埋進兩爪間睡覺
討厭剪指甲、洗澡
跳上跳下不聽勸告
——共通的理解
孩子們寵愛那隻要黑不黑的貓
並且說：
「你真可愛，
但不乖還是得打屁股。」

預測

眼神急切
音樂
被困在笨拙柔弱的手指裡
你正努力
變得強壯足以
挖掘它們
讓石頭迸出晶瑩的顆粒

一生
至少會在一件事物上
發現上帝
譬如　無盡的顏色
一枚白透精巧的螳螂蛻
行星運轉軌跡
三角形內角總和
你
的誕生

你將在黑鍵與白鍵的朗誦裡

和諧的澎湃與不和諧的憂傷
滾動的語法中
讀出
已經創造完成的一首詩
如我曾在詩裡
聽見的那首永恆的歌

浴室

洗衣

向民宿老闆要洗衣粉
她錯給一捧鹽
海裡的雪
把我的衣服洗藍了

鏡子

花有花的鏡子
樹有樹的
詩人的妝鏡是一隻弓背的貓
小說家的鏡子
是煙

我的面前只是一般的浴鏡

日漸增多的黑斑
眼袋和毛孔
沒有魔術

笑，照見魚尾紋
唱，走音嘹亮

像一面鏡
我終於能欣賞
缺陷
讀懂那些詩句

生活，只為了
作一張銀鏡
映出造物主的形象
不大成功但
汗水
閃亮

洗澡

上帝用塵土造人
其餘是水嗎
初生兩週
他光裸如一尾無鱗的魚
水掀動眼、唇、鼻息

不，他毫不聖潔。呼喚

鬆軟細黃，沉積耳蝸
淤泥黏附眼角
連指甲——透明的鋤子
都像剛犁過
生命的畦田
殘留灰褐色的時間

怎麼可能
我怎麼可能是母親
紗布巾下活生生的臉
我不認得

我不能計算他在羊水中的體重
精確對準出生的鬧鐘
不能使奶水充沛
按比例使他長大
不能免於災病免於苦痛
甚至不能在洗澡的時候
停止他的啼哭

我，一無所有
從水中把你拉上來
只能把所有
給你

項鍊

城市的盡頭是
無數的櫥窗
我停下嬰兒車，張望
一條蜿蜒小徑
鑲有鵝黃小雛菊，薰衣草。
店員立刻笑容滿面
為我戴上春天、冷空氣和野香

綴飾著愛情、季節的遐想
無憂的白日夢
頸項承載比長髮
更深的重量

我的盛妝是你
緊緊環抱的小手
鎖骨上掛滿淚珠，像聖誕樹
只為了閃爍尖叫的燈串佇立
或行走。繫帶在脖子後方打結
一隻爐火前奮力飛舞的蝴蝶

也曾扣上灼灼的鑽鍊
卻難以配戴，赤足的日子
將禮服還給舞臺
冬天來時
髮綹已密密織成圍巾
包裹紅通通的小臉

我看著自己，短髮下露出一大段咽喉
血液就在裡面奔流
豔紅明媚的項鍊
飽脹苦與樂，澄瑩的漿果。

美有許多，未必要擁有
但可以期待那些
落下又綻開的花朵

廚房・書房

自己的廚房 I

——致吳爾芙

孩子生了兩個
沒什麼錢

沒有
自己的房間或

男僕（頭上頂著銀盤）

但有
洗衣機洗碗機吸塵器
一臺筆電

甚至咖啡機
丈夫睡著後
我在餐桌上寫詩
（詩的發展永遠鮮嫩）

打開冰箱

一一解凍白日零碎的思想
融煮風味
只要充滿熱情與
了解

自許每日晚餐
促進理性
交會（就算窮酸梅子加牛肉）
順著手勢
燃亮鍋底的碎渣
閱讀食物

其他則須品嚐
信手拈來香料和鹽粒
撒在盤子上

吳爾芙我的朋友
妳坐在書桌前太久了
來碗麵暖胃吧
這本
是我母親的故事

*維吉尼亞．吳爾芙（Virginia Woolf, 1882-1941），英國作家，名著《自己的房間》指出女性想寫作，必須有錢和自己的房間。

自己的廚房 II

——致珍・奧斯汀

沒有門的廚房
誰來了都不會嘎嘎作響

角落的筆電
偶爾在餐桌上打開

一鍋湯噗噗滾著
各式賽車在旁奔馳

兒子的造句作業：
「有空——媽媽有空的時候就會寫ㄕ。」
親愛的珍，為了老師打的紅色問號
妳一定會樂不可支

不會刺繡
也幾乎不寫信
我在廚房煮飯、做麵包
天生就不是女主角

挑挑眉毛
對往來的紳士淑女與小孩
流露寬容的微笑
和丈夫討論小說
答應早點睡

幾乎像妳一樣幸福

*珍・奧斯汀（Jane Austen, 1775-1817），英國小說家。她沒有自己的房間，因此她要求起居室的門軸不上油，有人進出時她才能及時用吸墨紙將手稿蓋住。

自己的書房

——致艾蜜莉・勃朗特

那年妳從學校回來
便不再研讀論文
妳讀樹的季節
雲的奇想

草原一歲一枯榮的辯證
讀麵粉　灰塵
和鄰居的臉

孩子在書房裡遊戲
看圖畫
我讀他們的脣語
燙衣服

沒有非得留在書架上的
心，不須展示
就讓食譜、樂譜打亂所有主義和流派

過一種活力充沛的現實
妳的故事不在書裡
線索稀微
比一片落葉還釋然
妳的書卻是風中的烈火
燒盡世界的耳語

*艾蜜莉．勃朗特（Emily Bronte, 1818-1848），英國作家，《嘯風山莊》是惟一鉅作。

食譜

烤一隻雞：迷迭香
絞肉：孜然
羊里肌：九層塔
肋：薄荷
魚：檸檬葉
咖啡：一小撮火山黑鹽

我寫自己的食譜
像當年母親
油光滿面
汗珠懸在額際
髮仍黑

把廉價寫出豐裕
平淡寫出驚喜
寫
放學後的廚房
我捏漂亮的摺

兒子擀皮
用玻璃杯口切成
一個一個圓
但要繳學費的那些年可不是這樣包
營生的餃子
三秒一顆
通通得站好

我打電話問舌尖
久遠的滋味：
「牛肉湯怎麼熬呢？」
母親聳肩而笑

她沒有食譜

流動的饗宴

豐渥、肥美的城市
夜晚，一座座宮殿
初上華燈
腿與脂肪，列隊伺候
湧入的國王與皇后

新陳代謝趕不上時代上菜的速度

每年都重新慶祝
而立之年
吃吧，沒有比此刻更不惑

第三次巡視甜點桌
竟有盤甘蔗
清晰的肌理和骨節
切成一小段，一小段
我放入剛拔完牙的另一邊
嘴裡啃

粗樸的甜汁迸出

邊吸吮童年
邊吐出殘渣
：田埂上那些夏日……

桌上的玻璃瓶插著兩小截
蝴蝶蘭
優雅的淡紫色，厚實飽滿
靜靜襯著凌亂的杯盤
與肚腹

戴珍珠耳環的少女

某些時刻
我不得不注視她

隔著教室的玻璃窗
她皺著眉頭算數
袖口摺起
腰繫得過緊

制服衣領以綠色絲帶
打了一個小小的結：∞

我想對她說
所有的潮流
都將不合時宜

她看了我一眼（一邊眼睛仍是單眼皮）
不時撥弄長髮上的柔光
遮蔽臉上的痘疤
意圖別人注意到她　但不能注意到
她的意圖

我理解青春的自己：
對於永恆　斬釘截鐵
但現在說什麼好？
一行博士熱愛的算式＊
$e^{i\pi} + 1 =$
絮叨的建議令她厭煩
詩
是她苦惱的生活中閃爍的愛情
微小的火光卻隨時熄滅
啊，另一種艱難

我點點頭往前走
像一個先知

十七歲的世界屬於詩句屬於孤獨
她還不清楚詩
活在世界：
上帝手裡的
一粒珍珠
0

*《博士熱愛的算式》為日本作家小川洋子的小說，以數學為題材。歐拉恆等式：$e^{i\pi}+1=0$ 被數學家譽為最美的數學公式。

客廳

雨中回憶

像收訊不良的電視畫面
發出嘶嘶聲

滂沱將嘴型定格
颱風夜裡

公車站是搖晃的探照燈

我搭上現實
避雨
但那句話
到底是什麼

追劇

1

種植鮮花的人
剪下絕美一瞬
乾燥，封存盛開的姿態
收藏種子的人
毬果，堅果，莢果

以玻璃盒，分類盼望

有人收藏郵票
但那是過去的事了
在從前
連想念也有自己的小窗
裝飾，掩飾或掩飾不住的
喜形於色

現在，追劇的人
對著平板吃飯
蒐集自己的眼淚，憤怒

善意與羨妒
把夢抱在懷裡

人生難能重來
戲日日上新

2

主角必須樣子好看
內在高貴，這樣就可以
戀愛十六集

整整三天
愛得轟轟烈烈
無所事事
衣服在晴朗下曬著
海嘯湧上岸

像那時以為你就要離開我身旁的座位
我說好，卻奇怪地流淚
你說要走
卻不走

我想起的女孩在螢幕上扮演

敏感苦惱
又快樂的角色
她踮腳尖，作幼稚的決定
假裝不為臺詞後悔

3

全世界最苦的不是恨而是
愛
不是劇中重重荊棘和別離
或「你不知道我愛你」

去理解
去擁抱——毫無祕密地
捧一束乾燥花，一匣種子
親吻傷痕的美
把疼痛忘卻
像從信封拆下烙印戳記的郵票

才是，全世界最困難的事
導演說：Action
我們舉步
走向彼此

科博館

那時，能看見事物者的眼睛，必不再昏暗；
能聽到事物者的耳朵，必然傾聽。

——《聖經・以賽亞書》

1

一團混沌發生大爆炸

科博館就這麼誕生了
展品恰如其分在自己的位置上
不擠不撞
還留有孩童奔跑的空間

「一九六三年累計三十三萬隻藍鯨被捕殺，
人類卻對世界上最大的動物一無所知……」

兒子錯過所有解說牌
奔向遠古巨獸
但那個大塊頭已正名為「迷惑龍」
暴龍寶寶披上毛皮

卻沒人向偷蛋龍致歉
（誰偷走你的母愛？）

歷史一路向前
變色龍長出鳥翼
黑猩猩堅定站立
每日進化的兒子
忙著操作奇妙的機器
測聲紋　照虹膜
印指紋
「從來沒有兩個人是完全一樣的……」
除了黑猩猩　和靈魂的歌聲

「魚由海中爬上陸地，演化為印原豬，再回到海洋，
游了五千萬年，變身三十四公尺長的藍鯨……」

2

紀念品商店
像礦石的博物館

幾何結構
晶體如爆炸的雲朵
層層堆疊的彩虹

質樸的銅礦「一克三元」
內斂優雅，含有玫瑰
我秤了秤最美的兩塊
好把我的詩壓在桌上

還是改買銅鍋呢？
上帝的創造
人類的工藝
我猶疑著……

兒子拿著模型來懇求

自從他確認暴龍已滅絕
就愛上了凶猛的想像

3

坐在三歲和五歲的中間
我的雙手被擔憂緊握
主角是一隻涉世未深的花栗鼠
一隻剛離家的蠍子鼠
——都有兩公尺高
而且立體

雨點如巨石砸落
蜈蚣怪獸龐然欺來
小小的聲音不停確認：
「牠們是主角嗎？」

是嗎？
即將進入嚴冬
牠的儲糧被偷光
牠倒在險惡的沙漠裡……

嚎啕潰堤

由後排傳來
孩童奔逃的腳步

但故事尚未結束
走出劇院
雙手被跳躍的歡樂緊握：
「我就知道！我就知道！」
主角是不死的
如果我們盼望並存
忍耐
那以為被命運嘲弄的孩子
永遠失去了結局

說說

說錯

一隻跳蚤
跳
沿一句話的路徑
留下可惱的癢

說謊

我訕訕拉住狗尾巴
也不能把咬還給牠

抱歉我也不清楚怎麼來到這裡
話連了路造了橋鋪張際遇和風景

反正
作家過中年再無法聽見實話

說情

其實他不錯他
上過電視　刷過牙
變過魔術　吐過痰
開過飛機　唱過歌
當過醫生　罵過去丫

你願意
買一本他的詩集嗎

說破

沒有啊。不會。不覺得。
噢。
完全不想。

這麼多年了
我仍忙碌於捻熄言談中隨處冒出的火花

說破，
說破比燒破好。

說嘴

為什麼這麼急躁到底
難道你裡面住著什麼野獸

你知道，
我急著去吃人。

說教

你到底想說什麼？
我只想說你

不要說，
聽我的。

不忍想念的海

——給L.C.

念著一座白色的小小公寓
門像浪朵層層掀起
有書桌，有床
也許未布置完的客廳
放一張白沙發？

頸上的鯨尾銀亮

我搬了家
到四圍無海的城市
重新裝飾臥室、小孩房
妳最後的訊息寫著：「諒諒的眼睛好像妳……」
還有廚房，用草綠、土黃。
滾一鍋湯
撒一顆顆海的滋味
念妳愛魚又愛吃魚
喚我時魚的嘴型

念著我們那齣合寫的劇本
只完成了第一集
以為每一薄日，船都會重新出發

念著黑夜裡交織如夢的白浪
妳扛來一大箱器具
就為兩杯黑騎士的香氣
「好暖。」
總是這樣傾盡的
妳呀妳

其實我只是泥濘裡往天空長的一棵樹

往光中呼吸的葉子
「仰頭。」一直想告訴妳
海裡的妳深不見底

念著一座小小的公寓
妳允諾要讓我來看海
打開門掀起浪
總是傾盡的妳呀妳
我站在白色的客廳，默然
漂浮在海上

關於種子的收藏

棕櫚科——致使徒保羅

並不出眾。

秋虎喘著熱氣
逡巡蚊蚋泥濘之地
潮溼的樹影下

季節層層疊起

我必須專心辨識
是石塊或
隱藏的種實

「他的信又沉重又厲害，」
斷枝腐葉間
露出斑黑的果皮
「及至見面，卻是言語粗俗，
氣貌不揚。」
拍落塵土

把霉爛剔除
「眼睛上，好像有鱗
立刻掉下來……」

剝開那些艱困
與重擔

日子片片脫落
留下一顆磐石的心

當我用砂紙一道道磨礪
如同一遍遍閱讀
豐美的紋理

無與倫比
這時我才
看見你

殼斗科

戴好帽子
總是更
討人喜歡一點
有的引人注目

有的華麗高貴
或規規矩矩
層次井然

也有插滿刺的

帽子掉了就很難尋回
不是太大就是
戴不上去

破碎的帽斗風一掃而空
堅果在手中

被一塊布擦亮

豆科——給主日學的孩子

「不要驚動不要喚醒
我所親愛的
等他自己情願」
拉開房間的拉鍊

我邊猜想
那扭擺不定的是孔雀豆
曬滿陽光就會嘩啦啦

拍手大笑
為生命雀躍

而漠然懸掛高處的
鴨腱藤
在故事停頓處
輕咳一聲
急著成長

木魚果總是緊抿著嘴
遇到不會讀的字
就要上廁所

我還在為前天
突然被一顆蛺蝶豆擊中
邊歡喜著
迸裂的豆莢不知不覺已
堅韌如皮革

紅鳳豆又遲到了
笑盈盈闖進來
把我撲個滿懷

＊引號中的句子皆出自聖經。

後院

桑葚

比我高不了多少
重得垂地

一整座鑲滿紅寶石的教堂
我仰望
無數流蘇垂降小小的紫水晶燈
幾乎擊中我　每一轉身

每一轉瞬

風雨如磐

唯有熟果甘心受擊　落向那
那條紅豔明亮的河

伊甸裡最平凡的一棵
我尋索更深的熟甜

無人栽種　無人照料

卻豐美富饒

（是神所為）

楊桃樹

——給G

月牙剛從海面升起懸在一座吊燈上
噴泉狀的弧形支架
每一末端都亮起澄黃的楊桃燈泡
這種樹到了秋天
就喜歡蒐集星星的寶盒

白晝漸短夜漸長
越過今天就是真正的秋季了
說這句話的人
後來消失在寒露之外的任何季節

據說她在遠方種花
當銀匠
並像很多小說家那樣把小說燒掉

她懸掛自己的心
這麼多酸甜慢慢膨脹

像一棵楊桃樹

檸檬桉

——致施洗約翰

如果知道
僅此一生，煙花般短暫——像你的花
為什麼要比別的樹
更高，更瘦
咿呀喊著風來了？

鄰居堅持要我們砍了
他們不需要風
與惶然

冬日午後，一株檸檬桉
倒在他的香氣裡
葉子如劍挺拔
斂起羽毛的孔雀
仍是一隻孔雀
拖行至廢棄場的路上

枝葉刮擦著人行道
我想起住在孔雀園裡的寒夜
一聲驚啼
一把兩刃的刀

在山裡走

他看不了太高
跑不了太遠

「滾糞蟲！」他驚呼
兩隻巧克力圓甲蟲
用糖絲拉的後腳踢著球
迅速交錯而過

其中一隻奮力推進枯葉底下的球門但
卡住了

我們蹲下見證
草的歷史。
小稻蝗嚇一跳
翻倒巨山蟻搬運的午餐
彩虹尾巴閃現
「是石龍子！」他大喊
倉皇躲進石縫
在山裡走

走了很久仍是一小段路
風景縮得很輕
遺忘的名字突然變得重要

沒有名字的更重要。
孩子收藏樹葉、莢果在掌心，在口袋
睡著的時候手還要細細撫摸
這生之輪廓

指環

穿過運動場
往太陽的方向
穿過環形的鐘聲
細碎的圓點在衣上旋轉
樹影閃耀
我們踏著蟬聲的漣漪

比較高的山
比較長的野草
在這裡等待宇宙的驚嘆
與時間擊掌

僅僅是神衣角上的光
夾縫中的鋒芒仍
不能逼視

我呼喚孩子來看
透過針孔
投影在尋常白紙上的

無數鱗片
水花舞動的　花瓣

灰色蜂蜜輕輕包裹著我們
天起涼風
每一片草葉上
鑲著淺紫色的暗影

「快看天空的指環」
萬籟俱寂
孩子卻拿觀測箱抓小粉蝶
在草上彈跳如蟋蟀

吱喳歡笑
毫不理會奇蹟的進行
「那預示著什麼呢？」
我曾在甬道裡匍匐
以為黑暗沒有窮盡
那一刻
光環流瀉
祢打開門。
原來
始終不曾挪移

＊記二〇二〇年六月二十一日觀測日環蝕。

夜間探照

水深
及膝
哪裡是海？
一個人是一艘
小船
腳掌生蹼
把月光划碎

一支魚叉是一隻螃蟹
一名漁人
所躲避的
殘忍
探照燈戴在
習於黑夜的眼睛上
蟹腳連綿如句
一字一字奔逃
專注於前
讓浪潮在背後說

無聲
之聲

滿載寧謐
而迷
返
自無岸眠夢
漁家卻蒸好一大鍋紅蟹
等候我們卸甲嚙咬

十年

像玫瑰。我指的不是
瓶中最鮮麗無瑕的那朵
或是它
可歌可泣的名字
而是
院子裡的灌木
莖粗　尖刺多

時而燦爛　時而凋萎
幾經寒霜以為不會再開
或是炎夏病蟲害
岌岌可危

剪斷枝葉卻重新滋長
一層層綻現
像你露齒而笑的樣子

我見過你最醜陋的時刻
正如你面對我腐敗的季節

於是終於能說
我愛你

我指的是院子裡的玫瑰開了
柔黃捲裹著橙霞
是夕日
也是朝陽
始終根於泥土
脈脈待放

游泳池

——致魯益師

浸泡在涼爽的池水中
卻被太陽曬傷
紅腫的肩膀有白晝的烙痕
水上的光
穿透到水下

從來沒把游泳學會
我不知道怎樣在兩個平行卻相異的世界
順暢換氣
一個需要開口
一個需要閉口

許多人告訴我
只要學會　水下
有夢幻的美景

卻只能在其中

短暫生活幾分鐘
唯一的可能就是
我不是為這個世界而造的

*魯益師（C.S.Lewis, 1898-1963），英國作家，他曾說：「如果在我內心有一種慾望，是這個世界上任何東西都沒辦法滿足的，一個可能的解釋就是，我是為著另一個世界而造的。」

後記

距離上一本詩集的出版，將近十三年。一早，丈夫帶孩子們爬山去了，好讓我有獨自思考的時間。我穿著睡衣，沖一杯咖啡，在家散步。黑豆饒富興味地，關注了我一會兒，又窩回牠的太空艙睡大覺。

多半的時候我在家，灑掃庭除，料理三餐，預備教會的服事。孩子更小的時候，即便在家，也難喘口氣。這些年我無暇思索詩為何物，書偶爾讀讀，鍵盤偶爾敲敲，內心卻無比沉靜。

記得光兩歲生日時，我們幫他買了一座書架，排滿故事繪本。小男孩大為震撼，他輕撫著這份禮物，用有限的詞彙表達，他想獨處。我在半掩的門後觀察他，抽出的書本散了整地，他微微蹙眉，專注而謹慎，很珍惜地翻閱，眼睛閃耀喜悅的光采；不時用短短的手指，觸摸紙頁上的字與插畫，忘情喃喃自語，他甚至還不會認注音呢！此時此刻，他是坐擁整個宇宙的小國王。

真正的閱讀。一切不都從這裡開始的嗎？重新流連字裡行間，沒有比較與目的，享受單純的快樂，沒時間就隨性翻，喜歡的一讀好幾個月，儘管是大師名作，不愛的就說不愛，換一本吧。本來寫詩，也是如此，如此平凡的一件事。

因為平凡生活中，仍充滿了無數小小的奇蹟。

在家的時候，諒喜歡做各種手工藝，他照著書上的步驟，或剪或摺，裝橡皮筋裝硬幣，完成了一樣樣紙玩具，巧妙的機關讓紙張變成有趣的遊戲、令人驚嘆的裝置。甚至各式各樣的種子，他用鑷子把黃花夾竹桃種子，一顆顆掏空，串起來，掛在火焰木果莢船下當風鈴，風來了，就有清脆的響唱。

是的。麵包在烤箱中膨脹，果肉在鍋子裡慢慢變得濃稠透明；手中的毛線鋪展成圍巾，修剪過後的芙蓉重新甦醒。詩也是生活的手工藝，經過無數栽植、剪除、搬動、配搭、縫補、黏合，如果能創造輕微的共振，陪伴一個人穿睡衣喝咖啡的時光，我會說，那是神蹟。

新人間叢書 317

在家

在家 / 何亭慧著 . -- 初版 . -- 臺北市：時報文化出版企業股份有限公司 , 2021.03
184 面 ;12.8x18.8 公分 . -- (新人間叢書 ; 317) ISBN 978-957-13-8675-1(平裝)
863.51　　110002361

作者　何亭慧
主編　羅珊珊
責任編輯　蔡佩錦
校對　蔡佩錦　何亭慧
內頁排版繪圖　朱疋
封面設計　朱疋
行銷企劃　吳儒芳

總編輯　胡金倫
董事長　趙政岷
出版者　時報文化出版企業股份有限公司
108019 臺北市和平西路三段 240 號四樓
發行專線　02-2306-6842
讀者服務專線　0800-231-705 · 02-2304-7103
讀者服務傳真　02-2304-6858
郵撥　19344724 時報文化出版公司
信箱　10899 臺北華江橋郵局第 99 信箱
時報悅讀網 www.readingtimes.com.tw
思潮線臉書 https://www.facebook.com/trendage
法律顧問　理律法律事務所 陳長文律師、李念祖律師
印刷　紘億印刷有限公司
初版一刷　2021 年 3 月 26 日
定價　360 元
ISBN 978-957-13-8675-1
Printed in Taiwan
本書獲國藝會補助